기획의 말

그리운 마음일 때 'I Miss You'라고 하는 것은 '내게서 당신이 빠져 있기(miss) 때문에 나는 충분한 존재가 될 수 없다'는 뜻이라는 게 소설가 쓰시마 유코의 아름다운 해석이다. 현재의 세계에는 틀림없이 결여가 있어서 우리는 언제나 무언가를 그리워한다. 한때 우리를 벅차게 했으나 이제는 읽을 수 없게 된 옛날의 시집을 되살리는 작업 또한 그 그리움의 일이다. 어떤 시집이 빠져 있는 한, 우리의 시는 충분해질 수 없다.

더 나아가 옛 시집을 복간하는 일은 한국 시문학사의 역동성이 드러나는 장을 여는 일이 될 수도 있다. 하나의 새로운 예술작품이 창조될 때 일어나는 일은 과거에 있었던 모든 예술작품에도 동시에 일어난다는 것이 시인 엘리엇의 오래된 말이다. 과거가 이룩해놓은 질서는 현재의 성취에 영향받아 다시 배치된다는 것이다. 우리는 현재의 빛에 의지해 어떤 과거를 선택할 것인가. 그렇게 시사(詩史)는 되돌아보며 전진한다.

이 일들을 문학동네는 이미 한 적이 있다. 1996년 11월 황동규, 마종기, 강은교의 청년기 시집들을 복간하며 '포에지 2000' 시리즈가 시작됐다. "생이 덧없고 힘겨울 때 이따금 가슴으로 암송했던 시들, 이미 절판되어 오래된 명성으로만 만날 수 있었던 시들, 동시대를 대표하는 시인들의 젊은 날의 아름다운 연가(戀歌)가 여기 되살아납니다." 당시로서는 드물고 귀했던 그 일을 우리는 이제 다시 시작해보려 한다.

기획의 말

그리운 마음일 때 'I Miss You'라고 하는 것은 '내게서 당신이 빠져 있기(miss) 때문에 나는 충분한 존재가 될 수 없다'는 뜻이라는 게 소설가 쓰시마 유코의 아름다운 해석이다. 현재의 세계에는 틀림없이 결여가 있어서 우리는 언제나 무언가를 그리워한다. 한때 우리를 벅차게 했으나 이제는 읽을 수 없게 된 옛날의 시집을 되살리는 작업 또한 그 그리움의 일이다. 어떤 시집이 빠져 있는 한, 우리의 시는 충분해질 수 없다.

더 나아가 옛 시집을 복간하는 일은 한국 시문학사의 역동성이 드러나는 장을 여는 일이 될 수도 있다. 하나의 새로운 예술작품이 창조될 때 일어나는 일은 과거에 있었던 모든 예술작품에도 동시에 일어난다는 것이 시인 엘리엇의 오래된 말이다. 과거가 이룩해놓은 질서는 현재의 성취에 영향받아 다시 배치된다는 것이다. 우리는 현재의 빛에 의지해 어떤 과거를 선택할 것인가. 그렇게 시사(詩史)는 되돌아보며 전진한다.

이 일들을 문학동네는 이미 한 적이 있다. 1996년 11월 황동규, 마종기, 강은교의 절판된 시집들을 복간하며 '포에지 2000' 시리즈가 시작됐다. "생이 덧없고 힘겨울 때 이따금 가슴으로 암송했던 시들, 이미 절판되어 오래된 명성으로만 만날 수 있었던 시들, 동시대를 대표하는 시인들의 젊은 날의 아름다운 연가(戀歌)가 여기 되살아납니다." 당시로서는 드물고 귀했던 그 일을 우리는 이제 다시 시작해보려 한다.

태양미사

문학동네포에지 031

김승희 시집

태양미사

개정판 시인의 말

1979년에 세상에 나온 나의 첫 시집 『태양미사』. 너무도 이색적이었던 그 첫 시집의 서투름과 극단적 외로움이 어딘지 나를 부끄럽게 하는데 그 첫 시집도 어쩐지 지금의 나를 부끄러워하는 것만 같다. '두 명의 프리다'가 혈관을 통해 심장의 피를 나누면서 그 한쪽 혈관을 가위로 자르고 있는 것처럼.

천지는 인자하지 않다. 황무(荒蕪)의 세계였다. 그 폐허와 사랑으로 싸웠던 젊음의 궤적. 『태양미사』, 고맙다.

2021년 10월
김승희

차례

그림 속의 물

사랑스런 플랜더스의 소년과 함께
벨지움의 들판에서
나는 예술의 말(馬)을 타고
알 수 없는 그림을 그리고 있었다.

그림은 손을 들어
내가 그린 그림의 얼굴을
찢고 또 찢고
울고 있었고.

나는 당황한 현대의 이마를 바로잡으며
캔버스에
물빛 물감을 칠하고, 칠하고.

나의 의학 상식으로서는
그림은 아름답기만 하면 되었다.
그림은 거칠어서도 안 되고
또 주제넘게 말을 해서도 안 되었다.

소년은 앞머리를 날리며
귀엽게, 귀엽게
나무 피리를 깎고
그의 귀는 바람에 날리는
은 잎사.

그는 내가 그리는 그림을 쳐다보며
하늘의 물감이 부족하다고,
화폭 아래에는
반드시 강이 흘러야 하고
또 꽃을 길러야 한다고 노래했다.

그는 나를 탓하지는 않았다.
현대의 고장난 수신기와 목마름.
그것이 어찌 내 죄일 것인가.
그러나 그것은 내 죄라고
소년은 조용히
칸나를 내밀며 말했다.

칸나 위에 사과가 돋고
사과의 튼튼한 과육이
웬일인지 힘없이
툭, 하고 떨어지는 것이 보였다.

소년은 나에게 강을 그려달라고 부탁했다.
강은 깊이깊이 흘러가
떨어진 사과를 붙이고
싹트고
꽃피게 하였다.
그리고 그림엔 노래가 돋아나고

울려 퍼져
그것은 벨지움을 넘어
멀리멀리 아시아로까지 가는 게 보였다.
소년은 강을 불러
내 그림에 다시 들어가라고 말했다.
화폭 아래엔 강이 흐르고
금세 금세
환한 이마의 꽃들이 웃으며 일어났다.

피어난 몇 송이 꽃대를 꺾어
나는 잃어버린 내 친구에게로 간다.
그리고 강이 되어
스며들어
친구가 그리는 그림
그곳을 꽃피우는 물이 되려고 한다.
물이 되어 친구의 꽃을 꽃피우고
그리고 우리의 죽은 그림들을 꽃피우는
넓고 따스한 바다가 되려고 한다.

해님의 사냥꾼

다이아나 언니.
마차를 매요.
바람이 좋으니 사냥 나가지.
요정 1 · 요정 2 · 요정 3 · 요정 4
그리고 어린 모차르트도 불러
사슴과 거미와 토끼와 나비를
표범과 매와 태양과 절망을
언니는 쫓고 나는 잡고.
언니는 활 쏘고 나는 겨누고.

영혼의 마차에는
네 개의 바퀴가 반짝이고 있다.
숲의 정(精) · 별의 정 · 꿈의 정 · 활의 정
우리는 정비하여
해 가까이 나가는데
지금 누런 들에서는
엑스레이 빛, 엑스레이 빛으로
마른 개들이 죽고 있다.
죽고 있다.

나는 알지.
긴 어둠의 창작을 내가 할 때
흰 물결 · 검은 물결 · 파랑 물결 사이에서
언제나 다시 시작되는 황야를.

메마른 의식의 침엽수 이파리와
필생의 든든한 그 어둠 소리를
나는 알고 나는 견디리.
나는 활 쏘고 나는 밝히리.

돌아오는 마차엔
해님의 머리칼.
눈부시게 타오르는 요정들의 옷자락.
어둠은 이제 말을 몰고 돌아가고
밝아지는 뼛속과 태양 취한 1센티.
다이아나 언니.
해님을 매요.
반짝이는 사냥 노래 나의 노래를.

흰 여름의 포장마차

나에게는 집이 없어.
반짝이는 먼지와 햇빛 속의 창(槍)대가,
훨, 훨, 타오르는 포플린 모자.
작은 잎사귀 속의 그늘이
나의 집이야.
조약돌이 타오르는 흰 들판.
그 들판 속의 자주색 입술.

나에게는 방도 없고
테라스 가득한 만족도 없네.
식탁가의 귀여운 아이들.
아이들의 목마는 오직 강으로 가고
나는 촛불이 탈 만큼의
짧은 시간 동안
그 아이들이 부를 노래를 지었지.
내 마차의 푸른 속력 속에서
날리는 머리카락.
머리카락으로
서투른 음악을 켜며.

하루의 들판을 무섭게 달리는 나의 마차는
시간보다도 더욱 빠르고 강하여
나는 밤이 오기 전에
생각의 천막들을 다 걷어버렸네.

그리고 또한 나의 몇 형제들은
동화의 무덤 곁에 집을 지었으나
오. 나는 그들을 경멸했지.
그럼으로써 낯선 풍경들을 잃고 싶지 않아서.

나에게는 꿈이 없어.
해가 다 죽어버린 바닷속의 밤이
별이 다 죽어버린 밤 속의 정오가
그리고 여름이 다 죽어버린
국화 속의 가을이
나의 꿈이야.
콜타르가 눈물처럼 젖어 있는 가을 들판.
그 들판 속의 포장마차의 황혼.

수렵의 요정은 가다

—지상적인 것의 '순결'의 없어짐에 관하여

어젯밤
어둠과 어둠으로
잠을 못 잤다.
창밖엔 바람이 쌩쌩 불었으나
내 방은 조용하고 아늑했다.
한밤중에
갑자기
별 중의 하나가
내 꽃병 속으로 떨어져 들어왔다.
나는 하늘나라 소식을 물었다.
'대기는 반짝이고
황도대(黃道帶)는 태양의 금으로 가득차고'
그러나
언니 다이아나가 아프다고 하였다.
어디가? 어떻게? 왜?
나는 별의 시동에게 물었으나
그는 잘 몰랐다.

그저 오랫동안
보이지 않아요.
숲속에라도 숨었나 찾아보아도
숲속 12궁

어디에도 없고

사냥 나갔나 찾아보아도
숲속 흰 사슴만 한가로이 뛰놀 뿐.
달의 은마차는
서쪽 끝에
내팽개쳐져 있고
은빛 옷자락
눈 같은 흰 투구
마술 지팡이
은구두
모두 다 늪 속에 버려져 있어요.
사슴 가죽으로 만든
사냥 채찍도
짐승들을 위한 빛나는 활도
아, 모두모두 그대로 있으나
그녀의 아름다운 모습만
간 곳이 없어요.
나무의 님프들
꽃의 님프들
새의 님프들은
벌써 몇백 시간째 아무것도
먹지 않고

지나가는 바람
지나가는 샘물

지나가는 피리 소리에
부탁하고 있어요.
온갖 들짐승
낮에 잠자는 흰쥐와 흑쥐와 박쥐들까지도
그녀를 찾고
천마 위의 아폴론은
근심한 나머지
벌써 며칠째
사이프러스 위에 하프를 걸어놓고
어느 음악도
탄주하지 않아요.

오. 지상의 딸인 당신이여.
당신은
'우리의 여신'을 보았습니까?
당신은
'우리의 요정'에 대해
추측할 수 있습니까?
우리의 '차가운 순결'은 대체
어디에 있단 말입니까?

그러나 내가
천상의 눈인 그에게
무엇을 말할 수 있었겠는가.

나는 단지
순결을 위해 또는 자유를 위해
떨면서 마차를 달려가는
그녀의 차디찬 익사를
예감했을 뿐이었다.
나는
꽃병 속의 그물을 풀고
별의 머리칼을 손질해주며
창문을 열어
마침 북극으로 가는 바람을 불러
그를
하늘나라 명부(冥府)의 궁전으로
데려다줄 것을
부탁했다.
별과 바람은
어깨동무를 하고
마치 사이 좋은 형제들처럼
그녀의 무덤을 향하여
멀어져갔다.

나는
손을 조금 흔들어주고
창문을 닫고
방안에 걸린 현대의 얼굴을 바라보며

생각에
잠기었다.
'어둠은 온갖 것을 품고 있었다.
어둠과 어둠은 자라고 있었다'
그러나 나는 보았다.
무덤으로부터
하나의 짧은 화살이 반짝이면서
내려와
잠자고 있는
세계의 아이들 위에
조용히 내려앉는 것을.

아침 식탁

헤라클레스는 아침 식탁에 태양을 오게 했다.
유리잔에 햇빛이 넘쳤다.

헤라클레스는 아침 식탁에 흰 공간을 만들었다.
승마용 각반과 활촉들을 놓았다.

헤라클레스는 모차르트를 불렀다.
헤라클레스는 빵을 먹었다.
헤라클레스는 식탁을 일어서려고 하였다.

그러다가 그는 보았다. 누렇게 죽은 밀밭과
파랗게 누워 있는 바닷고기들을.

그는 천천히 깨달았다.
그는 대지 위에 혼자 서 있었다.
그는 얼굴을 가리고 울었다.

헤라클레스는 활촉과 각반들을 들었다.
헤라클레스는 단숨에 떠났다.
헤라클레스는 삼나무 숲으로 갔다.

그러고는 더이상 생각지 않았다.
헤라클레스는 한 번 더 집을 지었다.

모차르트 주제에 의한 햇빛 풍경 한 장

……사갈은 어디에 있을까…… 어린 모차르트와……금빛
해안에서…… 흰 맨발을 벗고…… 머리칼을 풀고……옷깃도
나비처럼 다…… 풀고…… 꿈처럼, 연기처럼, 색안개처럼
……이마엔 동그란 해…… 손에는 꽃, 꽃, 노란 꽃……
움직이는 푸른 숲…… 튼튼한 나무의 밑동 부분에……피어오르는
환상의 연기…… 나비, 나비, 잠자리…… 조각, 조각
금빛 별들…… 물속에는 가재와 연어가 산다…… 찬물안엔
청어…… 따스한 물 안엔 도미, 도미, 연분홍 도미……
작은 돌, 돌, 돌멩이…… 한 폭풍우가 금방 나타나 검은 돌을
들어 나를 때리는데…… 던지지 마라, 던지지 마라, 물의 이마에
파란 호두를 던지면 물의 평화는 깨어지고…… 고기들은
아프단다…… 히스, 히스 숲, 넘어지는 늪의 꽃들……
덤벼라, 덤벼라, 달팽이…… 운명의 전차가 와도 이젠
아플 것 같지 않아…… 은실, 은실, 금실…… 우리는이제
어느 힘으로도…… 잊을 수 없어, 잊을 수 없어…… 흰

빛 맨발로

　타오르는 해안을 가도…… 파스텔 유년의 맨발은 따갑지 않은,

　따갑지 않은…… 햇빛 풍경 한 장의 바다, 바다…… 하프와 물……

죽음

나의 시간은 사유 속에 사이프러스를 키운다.

나의 끝나는 곳—밤이 끝나는 곳.

다시 태어나면
가장 빨리 달리는 태양의 말(馬)이 되고 싶다.

해가 되면
인식의 감옥수(囚)들을 가장 많이 비추리.

시간

어둠의 아이들과 햇빛의 아이들이
흑색 금색 창을 들고
사유의 들판에서 싸움을 시작한다.

그러나 나는 어느 것을 편들지는 않으리.
죽음과 생을
모조리 나의 심장 속에 놓아 먹이리.

그러나 그때에는 달랐었다.
내가 아직 내 말(馬)의
고삐 쥔 손을 느끼지 않았을
그때에는.

더이상 지금은 생각지 말아라.
지금은 빛나고 휘날리는 금색의 깃발.
그러나 곧
정적이 와버리는 것을.

흰 나무 아래의 즉흥

하얗고 단단하고 깨끗한 여름날,
우리들은 게오르그 브라크의 해안에 있으면서
사유 안에
하나의 급한 흰 나무를 갖는다.
흰 나무는 그네다.
불꽃의 날아가는 맨발에 올라
내 일상은 훨훨 비늘이 되고
바람이 되고.
우리는 하나의 붉은 사과를 나눠 먹으며
타오르는 해안의 태양 옆길을 간다.

아아. 나는 너와 오래오래 만나고 있고 싶어.
십오 분. 이십 분.
한 시간이 아닌
죽음과도 같이 긴 시간을, 꿈의 시간을
예쁜 칼처럼 너를 지니고
헤어지지 않고 있고 싶어.
언제나 서로 함께
불꽃 속에 살아
언제나 서로 함께 살아 있고 싶어.

사랑은 죽음을 사랑하고 있다.
우리는 전속력으로 푸른 바람을 달리며
대양을 횡단하고

대양을 버린다.
밝은 아이들의 목소리에
오후 바다의 빛나는 머리칼은 와 감기고
돌아온 해안에서
우리는 보다 직접적이고 견고한 죽음과 만난다.
검게 그을린 얼굴을 들고
우리의 입술은
이제 보다 우수한 미소를 간직한다.

나의 마차엔 고갱의 푸른 말(馬)을

—Poems Babares

아이들, 맨발의 아이들이 튼튼한 팔뚝으로
흰 도화지 가득히 그림을 그리고 있다.
나는 저 나이의 아이들은 무엇을 그리나
보고 싶어
분홍빛 모래 들판을 파란 풀을 밟으며
다가가보았다.

아이들은 태양을 그리고 있었다.
황금빛 태양을 화판 가득히 넘쳐나게 하고
그리고 파란 크레용으로 그린
저 푸른 들의 들판.
그곳에 말들은 뛰놀고
바닷물은 금빛으로 타오르고 있었다.

아이들은 푸르고 생생한 말들을 많이 그렸다.
크레용이 타오르는 야생의 금빛 말.
흰색 말. 검은 말.

나는 이 분홍 말을 가질래.
금빛 이마를 한 사내아이가 크레용을
좀더 칠하면서 말했다.
갈래머리를 땋은 계집아이가
꼭 꽃처럼 웃으면서 나를 쳐다보았다.
아저씨는 무슨 말을 가질래요?

여기 우리의 말나라에서?

정말 나는 무슨 말을 가지면 좋을까.
일상의 칸막이를 뛰어넘기 위하여
부서진 마차를 날개 달기 위하여
내 생의 비본질을 살해하기 위하여
정말
나는 무슨 말을 가지면 좋을까.
아저씨는 여기에서 무슨 말을 가질래요.

도시에서 거리에서
찻집에서 책방에서
나는 때때로 그 아이의 태양이 넘치는 음성과
부딪친다.
내가 죽어 있을 때
내가 가장 죽어 있을 때
가령 나는 아이들의 말나라로 가고 싶어서
해안을 걷는다.

해안 속에서 아이들은 죽고
도화지 속에서 태양만 빛나는 우리의 일상.
나는 장갑을 벗고 모자를 벗고
그리고 나의 스틱을 버렸다.
타오르는 크레용을 들어

나는 나의 마차를 그리고
포장이 없는 마차 뒤엔 무질서의 열병을
가득 그렸다.
나는 울고 있었다.
자꾸만 눈물이 흘렀다.

그때 탄색 모래 저편에서
머리칼을 날리며
한 사람의 청년이 나에게 다가왔다.
그는 나에게 인사도 하지 않고
푸른 크레용을 들어
거칠게 한 마리의 말을 나의 마차에 매었다.
푸르고 푸른 말.
나의 마차는 강과 강, 들과 들을 건너
하늘 속으로 뛰어들어갔다.
모래가 빛나기 시작했다.
해안이 춤추었다.

아이들, 맨발의 아이들이 튼튼한 웃음으로
페이브먼트 가득히 말들을 그리고 있다.
그리고 파란 크레용으로 그린
저 푸른 들의 들판
그곳에 말들은 뛰놀고
바닷물은 금빛으로 타오르고 있었다.

타오르며 있었다.

사랑을 위한 노래

만일 네가 생각한다면
나의 불행한 마차가 그래도 가장 좋은 것
이라고 만일 네가 생각한다면
너는 나와 함께
금색 태양을 위한
추운 싸움의 길 떠나야 한다.

만일 네가 생각한다면
암초 때문에 더욱더 빛나는 것이
사랑이라고 만일 네가 생각한다면
우리는 생의 다른 조명등들을
아낌없이
모두 살해해버려야 한다.

숲들은 슬픈 안개에 아주 덮여 있었다.
비가 내리고 고요한 산정(山頂).
하늘 속에선 새들이
그들의 고독한 장난을 다시 하기 시작하고
바람이 불었다.

그때 나는 꿈꾸었다.
너와 함께.

그러고 나서 우리의 발걸음은

대지의 지평선을 아주 잊어버렸다.

온갖 무장(武裝)한 죽음이 나를 기다릴지라도
너 몰래 끊임없이 나를 괴롭힐지라도
만일 네가 생각한다면
나의 싸움이 용감하였다고
만일 네가 생각한다면
나는 죽음의 검은 도화지 위에
금칠한 천사를 그리겠다.
너의 얼굴과.

시인(詩人)의 영혼

물은 끊임없이 반짝이는데
물방울은 끊임없이 죽고 있다.

시간은 흘러가는데
리얼리즘과는 결코 화해하지 않는다.

매일매일 짧게 죽어야 함을
나는 나쁘다고도 생각하지 않는다.

그것은 우리 가사성(可死性)에의
빛나는 세금일 뿐.

시인(視人)의 노래

나는 본다.
투명한 유리창 위에
나의 노란 램프를 잠자코 얹는다.

나는 다 안다.
누구나 아침 식탁에서는
한 마리씩
죽은 바다의 파란 고기를 먹는다.

나는 지금 참는다.
정처 없이 달려가는
우리의 먼지를.

그러고도 또 본다.
카라 꽃의 입술 위에
불가사의한 흰 별이 잠시 돋았다가
사라짐을.

초금(草琴)은 이 땅에서 무엇을 보았나?

—망우리 들판에서 건초들이 하는 말

살아 있는 시민 여러분,
아마 흉상(胸像)은 거짓말을 하지 않을 거예요,
저 화구상에 즐비한
팔 없는 비너스상이라거나
죽은 음악가의 데스마스크,
그들은 거짓말을 하지 않기에
나는 아직도 그들을 사랑한답니다.

남자들, 여자들,
아침마다 자전거에 실려서
배달되는 우유병,
그리고 저 석간신문의
냉혹한 검은 장갑,
밤늦게 우리는 혼자 앉아서
우리는 어디로 떠나야 할까요?

죽은 새들은 도시가 슬퍼서
밤마다 밤마다
지평선을 넘어서
사라졌다 오지요,
나는 그들이 보통 옷을 입고
밝는 날이면 어김없이
전봇대 위에서 다시 우는 것도 알지만
그래도 그들은

다 승낙하지는 않는다는 것을
나는 분명히 알고 있어요.

한 마을에 사랑하는 두 아이가 있었어요.
그들이 사랑한 것은 칸나 꽃,
흰말을 타고 소녀는
강가에서 거울과 시계를 깼고
소년은 언제나 우주선 비슷한 것을 만들어서
말없이 소녀에게 보여주었어요.
그들은 결국 주신제(酒神祭) 날 밤에
바다로 가는 태양을 타고
그들은 결국 이 땅을 떠나
칸나 꽃 속으로 가버리고 말았지만.

한 아저씨는 묘지로 가는
바다 앞길에서
언제나 가슴이 두근거린다고 말했어요.
빈집 주인인 그 아저씨는
일찍이 한 소녀를 사랑했는데
흰 재로 누운 그 소녀가
아저씨를 위해
언제나 흰옷을 짜고 있기에
그는 자기가 흘린 첫 눈물과
자기가 웃은 첫 웃음을

언제나 푸른 셔츠 안에 감춰두고 있었어요.
자신도 함께 흰 재가 되는 날
그 소녀에게 다시 주고 싶다고.
한 할머니는 참 우습지만
태양에 대해 광신자예요.
둥근 얼굴을 한 자기 아들이
꼭 승천해서
태양의 마부가 되었다고 믿고 있기에 어느 가을날
그 할머니는 미나리를 씻다가
그대로 강 속으로 들어가고 말았지요.
아들의 머리칼에 입 맞추려고
햇빛 한 자락을 따라간 거예요.

시민, 시민, 시민……
적도를 중심으로
회귀선을 중심으로,
그리고 전쟁과 기아를 중심으로……

나는 흉상을 믿어요.
백조가 애인들이 아름다움이
그리고 가장 비장한 투쟁들이
흉상이 되는 것이라고 나는 믿기에
나는 그들을 아직도 믿어요.
그들은 거짓말을 하지 않기에

그리고 나는
일개 죽은 초금에 지나지 않지만.

천진한 태양제

나는 보고 있었다.
태양이 그 마지막 금빛 한 자락을
내 방 속에서
냉정히 다 거두어 가버리는 것을.

그 마술적 자연주의의 냉혹함에
압도당하지 않으려고
나는 몸을 떨며
더욱더 입술을 깨물고 있었다.
밤이 주는 그 축축한 마취제의 무덤 속에
나는 갇히지 않으려고.

내 책상 위에 빛나는
촛불 한 자루,
다가가서 더욱더 다가가서
나는 내 방황하는 동생들과 함께
그곳으로 들어가는 길을 알고 싶었지,
야수들
미워하며 사랑하는 내 동생들과 함께.

어느 일요일날
강가에서
너는 나에게 말했다.
"넌 내 혼이고

내 혼은 강한 육체야"
나는 더욱더 풀이 죽어서
그 아름다운 눈동자를
한 번 더 쳐다볼 용기가 없었다.

꽃잎 그늘에
고통의 아래에
도마뱀들이 지렁이들이 다람쥐들이
칩거하는 그곳에
나는 절름거리는 내 동생들과 함께
태양을 다 묻고 말았기에.

"나는 애인일지라도 증오해요.
나보다 강한 태양욕(太陽欲)을 알고 있는
사람에게는"

그가 불새 나라 아이들을 불러왔는지도
모른다.
흰옷을 입고 막대기를 들고
찔레꽃 관(冠)을 쓴 아이들이

꽃잎같이 반짝이는 얼굴을 하고
그렇게도 가벼운 걸음으로
우리 곁을 지나갔다.

투명하고 일시적인 햇빛 층이
그 아이들의 어깨 위로
넘실대고 있었고
무슨 알지 못할 노래 같은 것이
낮게 부드럽게
날개처럼 이 땅을 쓰다듬었다.

"나무는 지옥 속에서도
노래한단다"
"햇빛이 없으면 죽어요"
"햇빛은 밤과 바람과 심연의
성화(聖火)일 뿐이야."

아이들은 막대기를 들고
땅을 파더니
어깨 위의 출렁이는 황금관을 모조리 걷어
머리칼도 자르고
풀언덕 속으로 빛을 다 묻어버리고 말았다.

"햇빛 장례는 끊임없이 이루어지고
있고
그리고 그것이 우리 인간에겐
단 하나 자랑스러운 계기인 거야.

너는 바보다,
아니면 손금의 교도(敎徒)이거나."

아이들은 사금파리와 떨어진 꽃잎들과
그리고 하찮은 나비 날개 같은 것을 가지고
돌무덤가에서 놀고 있었고,
그들의 고요 사이로
폐허와 심연들이 조용히 가로질러 가고
있는 것이 보였다.

아이들은 가만히 일어서서
귀를 세우고
그 유령들의 수를 세어보고 있는 것같이
보이더니
아아, 그들은 어떻게 그렇게도 재빨리
심연의 말잔등 위에
올라탄 것일까?

장례 노래, 장례 노래, 아이들의 장례
노래…… 마치 죽은 다음처럼, 그렇다,
마치 죽은 다음처럼
가볍고 극명한 꽃춤, 꽃춤……
순결한 마상(馬上) 위의 아이들의 꽃춤.

사악한 도피를 모르며
언제나 악기만 치며
기다리는 아이들의 그리움…… 나는
불새를 보았다.
고뇌에서나 또는 마음 떨리는
암흑의 끝에서나
갑자기 춤은 불바다가 되었다.

"파가니니거나 아니면
베토벤이에요"
"너는 불새를 보았지?
네 눈동자 언저리에 아로새겨진
단 한 번의 불새"

우리는 아이들이 사라진 자리에서
오만한 몸짓의 멸망을 버리며
그리고 고개 숙여

어느 하늘 아래인 듯
불새 깃을 주웠다.
소중하게, 아주 소중하게
오, 불새를 본 사랑하는 사람들에게
운명은 좀더 견디기 쉬울 것인가?

지옥의 마녀들이 바람으로
내 얼굴을 뜯어먹을 적에
나는 그것을 멸(滅)치 않고 버려두는 까닭에
마지막 침대가 마련되기 전이면
언제나
나는 태아의 힘처럼
내 불새를 보았다.

밤인데도 때때로 나는 밖으로 나가
마치 추억처럼 그렇게
춤추는 밝음을 찾아 헤매곤 하였다.
홀로 깨어 있는
절름거리는 내 동생들과 함께
강가의 풀무덤 가운데 하나만은
아직도 불새 깃을 감추고
있으리라 믿으며

그렇게 나는 고적한 책상 속으로 가서
분별도 없이
생명의 둥근 햇빛과 마주치려고 하였다.
운명의 그 마술적 자연주의에
압도당하지 않으려고,
나는, 사랑하면서,
운명의 이 어두운 방을 통과하고 싶어서.

이카루스의 잠

어느 날
새들의 임금님이
우리의 땅에 내려왔다.
그는 바다의 끝에 서서
황금빛 햇살을 맞으며
우리에게 말했다.

"자, 누가 이카루스인가.
모두들 한번 날아보아라"
태양 가까이 날아
날개가 불태워져버린 아이에게만
불멸의 날개를 주겠다.
납이 아니고
뼈와 뼈의 날개,
녹을 수 없고 썩지도 않는 날개.

그러나 지상에서는
아무런 소리도 나지 않았다.
어느 아이가 귀가 있어
그것을 듣겠으며
어느 날개가 천재가 있어
태양까지 날겠는가.

우리는 모두 가만히 있었다.

"이카루스만이 영원하다.
그것을 모르고 사는 자는
이 지상에서 아무것도 모른다"

그러나 오, 지금은
시인도 청년도
사슴도 독수리도 아무도 날 수 없음을
우리는 아무도 날지 않는 것을
그는 모르는 것일까?
그는 정말로 모르는 것일까?

하늘 속에서 태양은 아름답고
태양 속에서 생명은 불타지만
그러나 이카루스,
이카루스는 잠을 자네.
파도와 회색 바위 위에서
이카루스,
모든 이카루스는 아무도 잠깨지 않네.
아무도.

해님을 좋아하는 얼음 나라 아이들의 노래 I

석탄을 사야겠네요.
바람 때문에
자꾸만 꽃잎이 떨어져요.

내 마부여.
가장 좋은 장작집으로 가요.
아무것도 남기지 않고
인간의 낱말도 남기지 않으려고
지금은 찬바람이 너무나 불어요.

불을 지피려고 아궁이로 가니
금빛 침이 가득 고여 있고요.
불씨를 얻으려고 남쪽으로 가니
희랍 아저씨는 옛날에 죽었대요.

나는 머릴 흔들어
아니라고 했어요.
미래의 형태를 위하여
변소 속의 살얼음을 사랑하고 말까요?

오, 사소한 것들.
당신들은 너무나 사소한 것들을
덮고 있어요.

나는 덮지 않을래요.

내 마부여.
이 슬픈 바닷가를 뛰어넘어 가요.
내 드디어 해님 속에 누울 수 있도록.
다다를 수 있도록.

해님을 좋아하는 얼음 나라 아이들의 노래 II

우리나라 얼음 궁전 속엔
밤이 너무나 깊어요.
아무 꽃도 안 피기에
나는 최후의 칸나 구근을
해님에게 훔쳐
내 살(肉) 속에 심었어요.

아. 어머니. 대지여.
나는 얼음 나라 정원이에요.
동화 속의 순례하는 마법사.
또는 노래하는 물이 있는 따스한 분수대에
하루만 조용히 앉아 있고 싶어요.

숙제도 없이.
매일 밤에 따르는 세금도 없이.
그리고 얼음 손가락이 자꾸만 넘기는
내 마음속 페이지를 굳게 닫은 채
그냥 한 권의 금빛 책이고만 싶어요.

대륙은 얼음으로 넓고
자꾸만 흐르는 나의 눈물은
더욱 얼음만 보탤 뿐

나는 오늘도 잠이 안 오고

천궁도(天宮圖)는 오직 마음속에 있어서
낮에도 해는 떠오르지 못하네요.
칸나 꽃 한 개 싹틀 때까지는.
내 칸나 한 개 미소 지을 그때까지는.

죽은 말의 꿈

니콜로 파가니니의 난간에서
속병이 깊은 말(馬)은
세계를 짧게 만나고 있다.

꽃이 핀다.
꽃의 입술에 열리는
흰 무도장.

거만한 말(言)은 시간을 쉬고
은빛 현이
활짝 일어난다.

빠른 핀 세트.
청동빛 숲과 꽃은
상치(相値)되고
또한 위태히 해체된다.

파가니니와의 대화

나는 지구도 우리집이 아닌 것만 같애.
이 불, 또는 저 불을 건너
모든 불의 집은 어딜까,
너도 나에게 묻는구나.

칸나 꽃이 죽었을 때
나는 유리창에 이마를 대고 울었다.
유리창엔 성에가
희게 가득 끼어 있었지.

무서운 성에. 기하학적 무늬로
흰 탑 모양을 한 그녀는
우리에게 아주 무관심하게 보였어.
나는 문득 마른 칸나 구근을 혈관 속에 넣었다.

태양병. 태양병.
우리의 죽음은 싹이 안 튼다.
태양병. 태양병. 넌
지옥의 세금을 끝까지 다 거두려고만 하느냐?

가을 자오선의 슬픔

내가 천사가 아닌 슬픔
천사가 될 수 없는 슬픔

내가 인간인 슬픔
인간은 동물인 슬픔

내가 가을 사물이 아닌 슬픔
하강했다 상승할 수 없는 슬픔

큰곰자리의 별을 바라보는 슬픔
투명한 그에게 머리 굽혀 인사하는 슬픔

밤에 파르디타를 듣는 슬픔
바흐에게 혼자 가는 슬픔

천왕성으로의 망원(望遠)

지구여, 너는 무얼 하니?
조금씩 조금씩 움직이고 있어.
어디로 움직이고 있지?
나의 모든 것을 조금씩 조금씩.

오, 모든 것은, 모든 것이란
무엇을 뜻하냐고?
그것은 '멸망하는'이란 말인 것이다.
반드시, 오, 반드시
시인들이 부르지 않을 수 없는
스무 세기 사형수의 노래.

*

모든 남성들이 헤라클레스였던 때가
와야 하리라.
모든 여성들이 왕녀였던 때,
모든 아이가 나비였던 때가
와야 하리라.
오, 나는 지금, 차라리
타오르는 불길 속으로 몸을 던져
고철로 화해버리고 말리라.

아니다. 그것이 아니다.

수성 · 금성 · 토성 · 목성과 함께
내가 그다지도 순결했을 때
우리는 똑같이 빙하였지만
나만이 한 송이의 구근을
꽃피우기 시작했지.
오, 나만이.

피화(避火) 층계를 통하여 달아나는 아이들.
전쟁이 몰두한 꿈.
이제는 감히 한 방울의 눈물을
흘릴 수는 없으리라.
이제는 아무도 한 송이의 꽃 뿌리를
나에게 심지는 않으리라.

나는 단지 말없이
한 사람의 시인에게 망원경을 건네준다.
그는 알아야 하리라.
은하계에는 아직도 많은 별이 있음을
오, 모든 것은 모든 것이란
지금 '시작되는' 것이라는 것을
그만은 정녕코 몰라서는 안 되리라.

모든 인간이 황금족이었던 때가
또 한번 보여져야 하리라.

너만은 알아야 하리라.

슬픈 적도

운명이 나에게 불의 옷을 입혔을 때
나는 쉽게도 쓰러지고 말았지.
더이상 깊을 수 없는 불의 병(病) 속에
나는 오래 서 있었네.

운명으로서의 기하학. 저 모퉁이를 돌아오지도 않고
불어왔던 바람.
그 시험 속에
나는 조각조각 심장을 내바쳤네.
촛불의 복습을 하기 위한
가장 슬픈 칸나 꽃의 십자형 하프를.

백 개의 죽음 속에 도사린
저 백 개의 탄생.
백 개의 겨냥 속에 있는
저 백 개의 눈물 사냥.
그러고도 그것의 또 영원한 복습.

기하학의 운명이 나에게 왔을 때
나는 모든 것을 주고 말았네.
화려한 사랑. 스펙트럼의 꿈.
안전한 통행증 옛 계보마저도.

그리고 나도 싸움을 걸었다.

치료법으로서의 전쟁, 촛불의 천국에로 이를
그 영원한 피의 복습을.
나도 조각조각 불을 가지고서
태양경(鏡)을 만들었네.

나도 조각조각 심장을 가지고서
저 유명한 십자로에 있어서의 운명.
오이디푸스와 함께 울지 않고 조용히
그를 비추면서 건너가려고 하네.

어떤 흑연 빛 시간의 오이디푸스

삶—네소스의 옷*.
영원한 순간이라고 말할 때만 제외하고는
삶—이 마지막 방주

어떤 마법의 한마디를
이 타들어가는 갈색 육체 위에 간직할 수 있을까.
푸른 공작새를 위한 어떤 먹이,
어떤 황홀한 불의 최면 상태가
형해(形骸)도 없이 떠가는 이 피의 방주를
다시 완전케 할 것인가.
어떤 주문(呪文)의 모차르트,
어떤 장미의 원소,
어떤 태양의 기억이?

삶—눈동자가 없네.
'사랑' '투명한 악령'이라고 말할 때만 제외하고
삶—마지막 방주. 이 네소스의 옷.

* 네소스의 옷: 한번 입으면 벗지 못하고 죽게 되는 독 묻은 옷.

누가 울고 있는 모차르트를 보았는가?

한 아이가 매를 맞고 있었네
좀더 큰 아이가 물건을 훔쳤네
다 큰 아이는 정다운 아버지의 집을 떠나
황야의 풀숲 속을 방황하고 있네
모두들 점점 더 사악해지고
모두들 점점 더 외로워지네
—이것은 누구의 죄일까?
시간인가, 혹은 삶인가?

한 여인이 지하철 정거장에서 울고 있네
다른 여인이 얼음을 깨며
삶의 사슬 속에서 쓰러지네
한 남자는 한 방울의 술로 자신의 꿈을 마취시키네
모두들 점점 더 고독해지고
모두들 점점 더 찢기어가네
—이것은 무엇의 형벌인가?
운명인가, 혹은 자연인가?

나는 울고 있는 모차르트.
우리의 찬란한 순수를 위하여
나는 한 가지 보험을 창설하고 싶네.
나의 구조신호를
모든 아이들의 신이여, 받아들이기를.

사냥—음악학교

내가 조금만 가난하지 않다면
나는 포장마차를 사겠네.
내 한 필의 녹색 말에게
나는 '하프 카시오페이아'라는
이름을 주겠네.
그냥 의미는 없어.
그리고 망원경을 하나 살 거야.

벌판은 음악학교.
아기별은 아름답게 조각이 되어
내 말의 호수에 살려고 떨어지고
나는 별들을 소비하겠네.
나는 소비하겠다. 존재와 미(美)와 사랑과 꿈을.
그리고 시간과 운명이라는 나라에
쳐들어가겠네.

우리가 쓰는 흑연 빛 시간.
우리의 금빛 시간은 (모아서 무얼 할려고?)
전혀 헛간에 건초처럼 썩어갈까.
보려무나 '하프 카시오페이아'
우리는 그 창고를 불사르는 거란다.

우리는 첫째로 시기심 없이
지구를 저쪽으로 가버리게 해.

그리운 지구, 그리운 지옥.
모퉁이를 돌아갈 때 그가 운다면
우리도 다소 울음 울 수 있을지.
우리는 음악학교 하프좌로 갈
한 필의 말을 '꿈에' 사려 하는데.

안개의 법전

안개가 내린다.
죽은 나의 백록담
살이 젖는다.
몹시 어두워진 피를 마신다.
흑색 태양이 녹은 안개의 육체를
불투명한 유령성의 그 육체를 마신다.
'언제'와 '어디' 사이
얼마나 아득하게 영원은 흘러내리는가
그리고 어떻게 이것을 견뎌야 하는지
안개가 내린다.
나의 살이 젖는다.

어디서 들려온다.
하나의 검은 제비의 노래
사람아 너는 흙이니 흙으로 돌아갈 것을
생각하라.
여기서 듣기를 시작한 자는
보아야 한다.
악마와 버림받은 무언의 천사가
침묵 속에서 서로 마술을 주고받는
검은 식물들에선
그림자 같은 운명의 대양이 출렁이고
태양좌에 슬픈 전화라도 하여볼까
하나인 무(無)의 십자로에 나가

그를 기다려볼 것인가

안개가 내린다.
죽은 나의 백록담
살이 젖는다.
진실이란 무엇일까.
오늘은 아직 할말이 없다.
사랑이란 무엇일까
이 세상의 세계가 투명해지고 하늘이
육체를 갖는 것이다.
아아 안개의 바로 뒤를 지나서
태양이 투명성의 그 육체를 회복하는 것이다.
얼마나 아득하게 생은 낯설고
어디서 들려온다.
안개가 내린다.
젖은 그물이 눕는다.

유예된 천사

—신생아실에서

에덴에 유예된 천사, 갈매기의 흰 깃에 얼굴을 파묻고.
모든 감각은 아직 흰색으로, 풍경을 알아채지 못해.
풍경의 슬픔, 풍경의 투쟁, 투쟁의 비극인 어두움의 태(胎)를.
그는 지평선에 인사해, 어둠이 내리면 하늘이 물드는 지평선의 화해.

그리고 그는 모차르트의 아름다운 역사(유랑의 역사), 빈센트의 수난의 역사(태양 수난의 역사)를 아직 모르네.
살의 감옥 속에서, 처음으로, 타르 빛 생의 눈동자 아직 에덴의 쪽에서.
그는 모든 원소이면서, 그러나 아직 단 하나의 원소.
운명에 쫓겨서 오오, 나는 그에게 손을 내미네, 시간을 통해.

그리고 사랑, 인생의 길에 있는 모든 아름다운 것들, 가령 이슬과 불, 혹은 용기 같은 것들.
이 손실된 황무지의 축제의 보석만을 그에게 골라주고 싶었지.
그리하여 헛된 나는 오직 침묵에 도달하였을 뿐이네.

흰 갈매기의 깃에 얼굴을 파묻고, 그는 누워 있네.
나는 이곳에서 찰스 다윈이 신성모독임을 믿어 의심치 않아.

그러나 진행은 두려운 것이지, 시간을 통해 한 천사의 추방이 서서히 시작되는 것.

시간을 통해, 신의 정원으로부터 우리의 황무지로 서서히 서서히, 왼쪽 그림자를 거느리며 오는.

그의 진행이 우리는, 풍경의 운명을 바라보면서 우리는, 각기 자기 자신을 위해 두려운 것이지.

저 예쁜 유예의 천사가.

시계풀의 선신(善神)

엔디미온을 꿈꾸지 말라
시계풀 황제들이여
(마왕은 검은 새들 나는
유리 마차를 타고
새벽 태양의 음계를 짚으며
나에게 왔다)

저 슬픈 시간의 들판 속에서
움직이지 않고 변하지도 않는
돌들, 황색 바위들의
처형당한 숙명은
사실 죽음.
죽음의 안 보이는 팬터마임의 전부.

엔디미온을 돌로 만들지 말라
가련한 달의 여신이여
(마왕은 방금 처형당한
이슬들의 이마를 짚으며
오히려 미소를 지었다.
검은 새들도 웃었다)

저 슬픈 바람길의 들판 속에서
시계풀은 꿈꾸고 보고 혹은 좌절당할지라도
아름다운 생명의 공기집

시계풀 황제들은
태양의 모든 십자가 위에
영원히 한 방울의 뿌리를 남길 것.

당신의 이름으로

—나의 엔디미온에게

이것이 누구의 얼굴인지 나는 잊을 수 없으리.
하기야 당신은 옛날에 흘러가버려
저쪽 마을에 잠들어 있지만,
지금은 지구의 석기시대 그 머리나 잡고
교교한 강빛 속을 달려가고 있겠지만,

그러나
나에게는 당신이 보인다.
뼈의 지붕을 기웃거리며
흩날리는 베옷으로 훽, 날아가는 것은
그 누구인가.

옛날의 꽃이나 봄 위로
분명히 가느다란 바람이 일고,
사람이 모르는 투명한 창을 두드리며
그 누가 내게로 오는가.

당신은 모르리.
잡을 수 없는 무형의 모습을
천 번이고 만 번이고 되일으켜
당신의 이름으로 살(肉)이 돋아나는
피어린 나의 조상을
당신은 알지 못하리.

1분만
나와 만나는 아득한 천금의 시간 속에서
수천 년 죽은 꽃들과
잘 물든 오렌지의 살결이 되어려 오는 것을
당신은 결코 알 수 없으리.

그러나
나에게는
뼈를 벗어버린 당신도 보인다.
꿈처럼 전설처럼
왔다 간 이곳으로
당신은 인광으로 나를 찾아오는가.

플라스틱 빈 꽃 속에
우거진 조용한 숲.
당신은 옛 강 속에
혈관의 베도 짜고
저물도록 괴로웠던 피톨의 꿈도 깁겠는가.

살(肉)은 이미 거의 동요하지야 않지만,
머물머물 걷다가
서산에 왔을 녘에
깊은 잠을 자다 말고 깨어 잡는 손.
여전히 신화로운 이래적인 손.

일찍이 변한 것은
아무것도 없지만,
크고 든든한 함묵(緘默)의 마을에선
바람은 더이상 불지 않으리.
바람은 더이상 불지를 못하리.

이 염색 공장 아이들을 위해

아이들아. 이리 온.
팔목까지 짙게 물감이 들었구나.
황색 물감 · 잿빛 물감 혹은 보라 물감이
너의 피(血)엔 유전자
너의 살(肉)엔 염색체 지도의 그물.

꽃을 주겠다, 너의 탯줄 위에
비를 주겠다, 너의 태반 위에
화염을 놓아주겠다, 너의 배꼽 위에.
그리고 무엇이 더 필요하니?
가성 소다만은 아무도 없단다.
네 가운데 아마 깃들었기에.

닭장 속의 닭들이
지는 해를 보고 있다.
횃대 위에 올라서서
무심한 우주가 있는 것을 보았다.
아이들아. 뼈를 닦아.

신은 지금 피소(被訴)중.
네가 너를 세례해야 할지니
염색사(絲)의 바퀴, 유전자의 바퀴,
지상의 헌 색 염색 공장.
뼈를 지켜. 아이들아. 다음 생이 두려우니.

나는 황색의 의자

망원경으로 생각하고 싶다.
생각하며 꿈꾸며
거시안적으로 별들을 연구하며, 보고,
가령 태양풍으로 가는 돛단배처럼
그렇게 훨. 훨.
존재의 바다 속으로 벵갈 꽃불 속으로
예수의 혼 속으로 혜성들의 고향 사이로.
—땅은 이제 너무 늙었다.
  낡은 순례. X레이.
—어느 언덕 천문대에나 취직하고 싶다.
  시대착오자. 신낭만주의로의 탈주.

장미의 무한대

큰 눈동자
비어 있는 빈터에
하늘이 푸른 보자기처럼 젖어
내리는구나
황급히 헤어지는 그대와 나의 모습
구름처럼
붙잡을 손이 없어
붙잡아 잡아두지 못하는구나
자궁과 꿈과 무덤을
구별하지 못한 채로
목숨이 다해 떠나는 사람과
목숨이 아직 남아
빈터 서성이는 사람

큰 눈동자
비어 있는 그 빈터에
천지 창조 전의 시간과
그후의 시간이 모두 녹아
풀어지는 분말 주스처럼
하늘이 푸른 보자기로 젖어
그렇게
그 꽃잎 눈물 어리고 마는구나

콜타르 칠하기

한 남자가 운명의 그림자—여름—한낮—정적 속에 서서
콜타르를 칠하고 있다.
목재는 한없이 쌓여 있고
그 남자는 한없이 콜타르를 칠하고 있다.

무인 전화박스.
운명의 팬터마임.
이 문은 자동 도어이므로 개폐를
운전자에게 맡겨주십시오—라는
무상의 안내용 문구.
강물과 흰 구름.

전화기에 동전을 넣어라.
그리하여 '사랑하는—'으로 시작되는
말을 하여라.
달리는 자동 도어에서
태양과 혜성을.
혹은 소모된 부재의 자살 같은 것을.
내심 속에서 취소시키지 말고
취소하지 말고.
어느 날 한 남자가 운명의 그림자—
여름—한낮—정적 속에 서서
콜타르를 그만 칠하고 있다.
차라리 '아담의 사닥다리'라는 사과를 먹으며

콜타르를 그만 칠하고 있다.

천왕성의 생각

나는 천왕성을 생각한다.
때문에 천왕성은 나를 생각한다.
천왕성은 얼음이다.
그래서 나는 얼음으로 도피한다.
얼음은 우리를 구제할 수 있을까?
때문에 나는 별 속에 한 예수를 심는다.

예수는 태양을 생각한다.
그래서 나는 태양을 바라본다.
태양은 우리의 식물을 키운다.
때문에 나도 땅을 사랑한다.
땅은 더럽고 부패했다.
그리고 나는 천왕성을 생각한다.
땅은 순수가 되고
영사막처럼 우리는 그것을 긍정한다.

—그러나 많은 것이 우울하다.
—이곳은 혹시 타지마할이 아닐까?
—고통과 숙명과 산고가 있다.

한 남자가 천왕성에 탯줄을 대고 있네.
한 여자가 심야에 꿈의 베틀북을 짜고 있네.

그들이 이 타지마할을 살게 하네.

산소와 태양과 꿈의 자오선이
가볍고 큼직하며 쓸쓸하고 격렬하게.
이곳이 곧 천왕성이 되고
천왕성은 또 타지마할이 되고.

리스트의 그물

집시 리스트는 그물을 찢었다.
유랑 마차를 타고
밤의 들판을 달려가며
태양의 아들인 태양답게
그물을 찢어 밤하늘에 날렸다.

집시 리스트는 얼음 갑옷을 벗었다.
위대한 자아란
축소된 얼음집이 아니다.
지상에 벗어던진 얼음 옷은
풍요한 강물처럼 밤의 땅을 가로질렀다.

사도 리스트는 교회로 갔다.
신의 마차를 타고
숙명의 그물인 노래를 긍정하여
더이상 그물을 찢지 않았다.
그물은 바다가 되었다.

화산이며 집시며 사도여.
위대한 자아란
그물을 찢고 또하나의 그물을 발견하는 것
생명이 샘솟는
자신만의 그물을 선택하는 것.

밤이 깊었다.
나는 성체 배령을 기다리는 아이처럼
당신의 마차 앞에 홀로 서 있다.
그물 사이로 가지 말라.
그물 한복판에 문득 서 있으라.

위대한 리스트는 그물을 뚫고 지나갔다.
그에게 그물은 생명이었던가?
혹은 그물로 바다를 잡은 것인가?
나는 모른다.
단지 나는 신을 뚫고 들어가는
한 그물의 황금색 약속을
언제나, 이 순간에,
의지하고 싶을 뿐.

오래된 시계 · 오래된 사막

사막이 밥을 먹는다.
사막이 애인을 껴안는다.
사막이 머리를 빗으니
모래바람이 아가의 얼굴을 휘덮는다.
사막이 펜을 든다.
사막은 '사랑하는—' 하고
흰 종이를 써내려가다
그것이 지구 이후의 암호문자임을 알고 놀란다.

찢어진 종이가 달빛 위에
강물처럼 흘러 나간다.
사막은 물의 기억을 더듬는다.
물과 달빛, 레몬 띄운 홍차, 그리고 음악 같은 대화를.
사막은 열쇠를 생각한다.
열쇠는 없다.
눈물이 있다면 눈물의 물이라도 있다면
혈맥은 춤출 것이다.
레몬 띄운 홍차, 물과 달빛
물결의 지진—오, 생명수.

사막이 시계밥을 주고 있네.
그것 외의 행동은 모두 금지된 듯
그것만이 허락된 유일한 행동인 듯
사막이 오래된 시계의

시계밥을 주고 있네.

나는 슬프다.
나의 사막은 점점 증대되고
사막의 식욕만 커가는
내 시간의 사막.

초인종

시간의 여신이여.
초인종을 울려다오.
생명 · 생명 · 생명, 하고 울리거나
상실 · 상실 · 상실, 하고 울리거나
초인종을 울리며 지나가라.
우리가 살아 있다는 걸
내가 잊어버리지 않도록.

지루한 마차를 타고
도저히 정복이 불가능한 것처럼 보이는 인생의
사막 길을
내가 지나가고 있을 때
진정코 내가 가는 것인지
나의 마차가 가는 것인지
아니면 수의를 짜는 바람의 손이 잡아당겨
단지 서쪽으로 서쪽으로
우리 모두가 움직이고 있을 뿐인지,
내가 반쯤 졸려
인식을 잊어버리고 있을 때

시간의 여신이여
초인종을 울려다오.
그 옛날 영웅들에게 했던 것처럼
생명의 다른 이름인

불꽃 · 모험 · 사랑을 보여다오.
나는 살아 있고 싶다, 고
초인종을 울리며 지나가라.

고양이의 얼굴

아편꽃이 핀다.
아편꽃이 핀다.
둥글게 혈관을 먹어
심장을 먹어 퍼져나간다.
팔과 다리로 머리로.

아편꽃이 피면
무(無)에서 무한(無限)이 오고
잃어버린 고향의
노래가
한 움큼 광휘의 빛처럼
흘러

퍼져나간다.
긴 대지 공허한 하늘
헛된 생존 문 없는 방을
아홉 마리의 고양이가
어둠 속에서 촛불의 눈을 하고
촛불 하나 촛불 아홉
뜰의 담장을 넘어

아편꽃이 핀다.
아편꽃이 핀다.
뛰어나간 여덟 마리의 고양이

우물에 빠져 죽고
집괭이 되고
촛불 하나
아홉 번 고양이
불붙는 손톱으로 용기의
성서를 편다.

꽃송이 지기 전에
대지의 책을 깨우치렴.
사슬이 온다.
사슬이 온다.
사슬이 오기 전에
네 자아를 피는 꽃잎 위에 활짝 눕히렴.
잃어버릴 수 없는 별들이
지평선 위엔 저리도 많이 뜨고 있는데.

태양미사

어둠이 태양을 선행하니까
태양은 어둠을 살해한다.
현실이 꿈을 선행하니까
그리고 꿈은 현실을 살해한다.
구름의 벽 뒤에서
이제는 태양을 산책하는 독수리여,
나는 감히
신비스러운 미립자의 햇빛 파장이
나의 생을 태양에 연결시킬 것을
꿈꾸도다.
나의 생이 재떨이가 되지 않기 위하여
나의 생이 가면의 얼음집이
되지 않기 위하여
나는 감히 상상하도다.
영원한 궤도 위에서 나의 불이
태양으로 회귀하는 것을.
언제나, 그리고 영원토록.

나의 생명과 저 방대한 생명을
연결해달라,
어떤 방적기계
어떤 안개의 무(無) 속에서
우리의 실은 풀려지는 것인가?
어떤 증발

어떤 채무자인가, 우리는?

나는 감히 상상하도다,
어둠이 태양을 선행하니까
그리하여 태양이 어둠을 살해하듯,
현실이 꿈을 선행하니까
그리하여 꿈이 현실을 살해하기를.
나는 감히
꿈꾸도다,
나의 생이 안개의 먹이로 환원되는 것을
나는 바라지 않기에
살기 위해 더 많이 사랑할 것을
오직 나는 바라기에
나는 감히 상상하도다,
영원의 궤도 위에서 나의 불이
태양으로 회귀하는 것을.
그리하여 존재의 실(絲)패를 태양에 감으며
신비스러운 미립자의 햇빛 파장이
나의 생을 태양에 귀의시킬 것을.

■ 세 개의 모티브

태양으로의 한 걸음

나는 유배당한 '태양의 아이'이다. 내 개인적 조상이 천형 받을 무슨 죄를 저질렀는지 나는 모르겠으되 내 아버지 태양신은 나를 천마(天馬)에서 내던졌고 나는 이 땅에 유배된 한 혼으로서 축시(丑時)에 태어났다.

아무 희망 없이 파멸만이 이루어지고 있는 안개와 비와 스모그와 탄산가스의 이 땅에서 나는 X레이실에 갇혀 처음에는 운명과 리얼리즘의 장중한 절름걸음으로 이 땅을 울며 다녔다.

나의 집은 북향이었고 황야 한가운데 고독하게 들끓는 굶주린 맹수의 분노와 절망을 나는 가졌다. 오, 그때에는 과연 무엇으로 이 삶의 거대한 심연과 오욕과 추악을 견뎌야 하는지를 나는 몰랐었다.

고조된 삶의 열정이 식어빠진 것, 자기에 대한 성실이 결부되어 있지 않은 싸움, 즉 자기 존재의 근원적 탐구 없이는 삶도 없고, 자유도 없다. 이쪽에는 동물이 있고 저쪽에는 태양이 있다. 그 밑에는 심연이 있다. 그리고 기왕에 나는 시를 택했다.

이렇듯 내 시는 유배지에서 꿈꾸는 한 흑색 혼의 퀘스트의 기록이다.

우리가 이미 다 잃어버린 '천사와 아기와 애인들'의 순결, '태초의' 해안에 가득했을 그 선명한 햇빛, '희랍 당대에' 가장 우둔했을 프로메테우스와 이카루스의 전념적(全念的) 환상과 모험. 그러한 힘과 미의 깨끗함—새로운 시는 이렇듯 의식의 밑바닥에서 점점 말살되어가고 있는 우리의 원초적 생명력에 점화함으로써 시작되어야 한다.

이 생의 리얼리티는 '활'이고 환상은 '화살'이다. 그리고 시는 한 햇빛의 획득일 뿐, 그리고 다음에는 길고긴 어둠이 다시 올 뿐.

나의 태양병은 언제 면세가 될 것인가

길고긴 유형의 고독 속을 한 마차는 간다. 그 마차의 주인은 하프장이, 그는 툰드라의 폐허 속에 살고 있다.

그는 집시와 같은 일족이어서 한곳에 머무르지 못하는 벌을 이미 선고받고 있다. 왜냐하면 그의 피는 호전적이므로 한 개의 천막은 한 개의 노래밖에 제공하지 못하고 그의 짧은 위안은 그로써 사라져버리는 것이니까.

노래는 진정제, 노래가 끝나면 그는 곧 천막을 거두어 대륙의 앞으로 나아가야 한다. 그러나 대륙의 가장 앞, 가장 앞은 무엇인가? 그의 천막의 끝에는 가장 큰 태양의 왕국이 그를 받아들이려고 기다리고 있는가?

아니다, 그것이 아니다. 그는 한 개의 천막에서 간신히 획득한 한 개의 햇빛, 그것만이 그의 몫이고 대륙의 끝에서 기다리고 있는 것은 희망도 최후의 위안도 아니라는 것을 그는 알고 있다. 그리고 모든 생은 한 개 특수한 고통의 '영원한 복습'이라는 것도 그는 안다.

그의 노래는 단지 진정제, 그의 햇빛은 1초의 진정제다. 그리고 진정한 구원은 어디에도 없고 단지 '생명과 고통의 소용돌이가 만물의 척도'라고나 할 것인지?

그래도 그는 가지 않을 수 없다. 무섭도록 미련한 그는 '구금과 석방과 유예'의 무섭도록 원시적인 고통의 리듬을 오히려 사랑할 정도다. 밤마다 모든 마을이 잠이 들면 그는 황야의 별들을 올려다보며 망원한다. 쓸쓸한 천문학자—이상(理想)의, 아담의, 별의.

그리고 만일 어떤 날 밤 그의 망원경이 밝다면 그는 이 지구로부터 멀리 떨어져, 그래서 가장 아름다운 천왕성 · 해왕성 · 명왕성도 볼 수 있을 것이다.

그는 아이들에게 말한다. 그리고 몇 사람의 청년들에게도…… 모래시계 위에 너희들의 껍질을 내던져라, 밤은 아직도 다 깊은 것은 아니고 밤은 오래도록 살러 온 것이기 때문에 너희들의 심장과 뼈에 열정의 불을 켜라. 나는 너희들에게 칸나 꽃을 나누어주겠다……라고.

그러나 때로는 그도 강가에서 눈물을 흘리며 간구하기도 한다…… 아, 아버지. 내 핏속의 태양균들을 좀 가져가주세요, 라고. 그러나 다시 아침이 오면 그는 또다시 맑고 투명한 울음의 껍질들을 주워 모으며, 천막을 챙기고 다시 가리라, 목적지도 없이 바람 속을.

아아, 그러나 어느 날인가, 그는 마침내 더이상 마차를 정비할 수 없고 망원경을 더이상 수리할 수 없는 날이 오고야 말리라. 그의 렌즈는 이제 천만 번 억만 번 수리되어서 이젠 조절나사도 빠져버렸다…… 그리하여 그는 햇빛도 별빛도 볼 수 없다. 그의 진정제는 이제 더이상 강

력하지 않다.

그러나 황야는 아직도 넓고, 갈 길은 아직도 먼데 그는 망원경을 산산이 내동댕이치고 끝으로 장님이 되어 최후로 쓰러지리라…… 더이상 일어설 수 없으리라.

이리하여 고독한 '하프장이'의 작고도 거대한 운명의 드라마는 끝난다—그의 마음을 전부 대지에 주어버리면서.

무너진 신전에서

신전이 무너진 이후 지상은 하나의 거대한 염색 공장이 되었다. 우리는 정죄할 곳을 잃었으며, 구원과 꿈을 위한 마음의 거처를 잃어버렸다.

나는 어느 날 우연히도 염색 공장 뒤뜰에서 한 덩이의 빵을 나눠 먹고 있는 아이들을 본 적이 있다. 아이들의 얼굴은 유령이 키운 꽃잎처럼 파랬으며 팔목까지 짙게 물감이 들어 있었다. 황색 물감이 든 아이, 죽음처럼 푸르딩딩한 빛으로 물든 아이, 양잿물에 너무 손을 담가서 부패한 밀가루 반죽처럼 살갗이 부풀어오른 아이. 그러나 아이들은 한 덩이의 빵을 사이좋게 나누어 먹고 있었다. 비전의 식사 대신 누렇게 부푼 영양가 없는 빵을 아름다운 상상력의 식사 대신 자신의 금빛을 제물로 던져 얻은 고작 한 덩이의 늙은 빵을, 그것이 그야말로 가망없는 올가미의 올가미라는 것을 모르는 채로.

아이들은 모짜르트와 같은 나이였다. 아니, 이제 지상엔 모차르트와 같은 나이란 존재하지 않는지도 모른다.

우리는 너무나 오염되어 있고, 서로 악과 추악함의 염색체를 퍼뜨리고 있으며, 무의지와 무관심이 심연의 식욕을 더욱 풍부하게 하고, 오직 지금 있는 것은 염색 공장에서 울리는 거대한 발동기 소리뿐, 염색 기계 소리가 우리의 땅을 점령했다. 우리는 염색 공장 뒤뜰에서 사이좋게 한 덩이의 빵을 나누어 먹고 있던 아이들처럼 이젠 출구가 없는지도 모른다. 출구도 없고 회로도 없고 탈주도 없는 삶. 그야말로 덫의, '부득이함'의 천국.

카프카는 지옥의 다섯 가지 요건이란 일기문 중에서 다섯번째 자격으로 '부득이함만이 전부인 삶'을 들었다. 그렇다면 이곳은 충분히 지옥인 것일까? 왜냐하면 아이들이 제 살에 묻은 염색 물감을 지울 생각도 안 하고 한 덩이의 빵을 평화스럽게 나눠 먹고 있으니까. 그리고 신전은 이미 무너졌으니까.

나는 한동안 지울 수 없는 악몽에 시달렸다. 어딘가 부재하고 있는 해변의 염색 공장에서부터 거대한 아메바들이 땅을 향해 침입해 들어오고 있었다. 거대한 유독성의 아메바—투명한 껍질 속에 유황빛 잿빛 혹은 보랏빛의 염색 주머니를 숨긴 전염성 아메바들이 해변을 지나 모래밭을 건너 서서히 우리의 도시로 들어왔다. 우리의 아이들을 향해, 모차르트와 놀고 있는 순한 아이들의 부드러운 살을 향해, 따스한 어머니의 태내를 향해, 모든 청년들과 남자들의 '꿈의 집'을 향해 아메바들은 돌진했다. 아메바에 닿으면 살은 서서히 감각을 잃었고 마취되었으며, 더러운 색채를 띠었다. 그리고 그 색채는 아주 보이지 않는 속도로 살을 뚫고 침투해서 핏줄을 타고 서서히 심장을 점령했고, 마침내는 뼈를 녹여 완전히 흡수의 막을 형성했다. 아메바에 닿은 수많은 아이가 이유도 모르고 울었다. 어머니와 아버지들도 그저 바라보기만 했다. 왜냐하면 그 아메바의 고향은 도무지 불분명했으며, 발병의 속도가 너무나 느렸기 때문에 그것이 과연 무슨 병을 일으키려고 하는지를 아무도 잘 몰랐고, 아메바의 문제 이외에도 그들은 생각해야 될 일이 산더미같이 많았으므로.

보이지 않게, 혹은 보이는 방식으로 사람들은 아메바에 의해 많이 피살되었다. 너무나 많은 사람이 마취성 아메바에 의해 죽었으므로 이제는 거의 아무도 그것을 이상하게 여기지 않았다. 그러나 이 세상 어느 의학 사전에 '아메바성 염색 질환'이란 살인 병명이 있었던가? 그들은 신경쇠약, 심한 피로감, 의욕 상실과 심한 우울증, 처절한 무신론, 그리고 자학 증상과 잔혹한 의기소침으로 죽어갔다. 그것은 병명이 될 수 없었다. 그래서 숱한 묘지엔 '병명 미상의 갑작스러운 죽음'이라고 적히게 되었다.

모두들 아메바 속에서, 아메바를 위하여 살고 있을 정도였다. 아무도 희생과 심판이란 것을 믿지 않는 것처럼 행동했고, 그래서 아무도 자기의 살을 피가 나도록 씻는다던가, 심장을 세척해서 최소한 '뼈'만을 지키려는 생각도 없어 보였다. 뼈마저 염색 공장의 아메바에게 먹히다니! 최소한 한 마디의 뼈도 '다음' 생을 위해 남겨두지 않다니!

나는 신에게 전보를 치려고 우체국으로 달려갔다. 내가 타지마할처럼 불가사의하게 건축된 지구의 거리를 달려가고 있을 때 한 친구가 내 팔을 붙들었다. E였다. 그녀는 여신처럼 서서 나에게 말했다.

"얘, 너는 지금 신이 피소중(被訴中)이란 것을 모르니? 그는 자유롭게 관여할 수 없고, 게다가 임시 금치산선고를 받았어. 혹시 병보석으로 풀려날지도 모른다는 소문이 있지만……글쎄 지금은 아직 모르겠어."

그녀는 전혀 아메바의 피해가 없어 보였다. 그녀가 여신처럼 보였던 것은 그녀의 등뒤로 찬란하게 쏟아져내리던 햇빛 때문이었을까? 혹은 그녀의 눈동자 속에서 충돌을 일으키고 있던 신과 같은 태양 때문이었을까? 혹은 그녀가 아메바를 소화시켜버릴 만큼 튼튼한 위장을 가졌기 때문에? 아니면 아무도 도와줄 신은 이제 없다는 것을 그녀가 확고히 믿고 있기 때문에?

아무도 아메바의 그물을 빠져나가 달아날 수는 없다. 아무도 과연 아메바가 어디에서부터 오는지, 어떤 모습을 하고 있는지, 그리고 어떤 초기 증상을 일으키는지 잘 모르기 때문에, 그리고 그것을 피해서는 지상에선 아무데도 거의 갈 곳이 없기 때문에.

따라서 나는 '나의 낭만주의'를 거기에서부터 일으켜 세웠다. 오늘의 주신(主神)은 우리를 잡아먹는 수많은 종

류의 유독성 아메바이고, 오늘날의 신전은 수천 가지의 악과 허위를 유출해내는 하나의 염색 공장이 있을 뿐으로 보여진다. 그러나 사람들이여, 그곳에서 멈추지 말라. '무슨 대책으로?'라고 묻지도 말라. 단지 그럴 수는 없기 때문에, 인간족이 아메바와 같은 유물적 흡반에게 멸망당해서는 안 되기 때문에, 예수가 신성의 수육(受肉)으로 태어났듯 모든 우리 역시 신성의 수육으로 태어났기 때문에.

신전이 무너졌고 신은 또한 소송에 감금되어 있다 하더라도 우리에게 수육된 신성은 아직도 우리만의 것이다. 불을 훔친 프로메테우스의 아들들, 선악과를 훔친 아담의 아이들이여, 보라. 에너지의 불이야말로 신탁이며, 생명의 불은 신성하다. 불로써 네 뼈를 세례하라. 네 정신에 일용할 태양의 양식을 주어라. 그리고 네 태양의 양식이 지상의 염색 공장을 세례하게끔 하라. 아주 조금이더라도, 거의 무(無)라 할지라도.

문학동네포에지 031

태양미사

초판 인쇄 2021년 12월 7일
초판 발행 2021년 12월 15일

지은이—김승희
책임편집—유성원
편집—김민정 김필균 김동휘 송원경
표지 디자인—이기준 신선아
본문 디자인—유현아
마케팅—정민호 김도윤
홍보—김희숙 함유지 이소정 이미희
제작—강신은 김동욱 임현식
제작처—영신사

펴낸곳—(주)문학동네
펴낸이—염현숙
출판등록—1993년 10월 22일 제406-2003-000045호
주소—10881 경기도 파주시 회동길 210
전자우편—editor@munhak.com
대표전화—031-955-8888 / 팩스—031-955-8855
문의전화—031-955-3576(마케팅), 031-955-8865(편집)
문학동네카페—cafe.naver.com/mhdn
트위터—@munhakdongne
북클럽문학동네—bookclubmunhak.com

ISBN 978-89-546-8390-6 03810

www.munhak.com

문학동네